FEUILLES DE ROSE

POÉSIES

PAR

EUTROPE LAMBERT

AVEC UNE PRÉFACE

DE M. BOUÉ DE VILLIERS

Dans le grand jardin de la Poésie
il n'y a pas de fruit défendu.

V. HUGO.

—◦◦◦—

PARIS

RENAUD, ÉDITEUR

Rue Jacob, 14

JARNAC, L'AUTEUR

ET CHEZ LES LIBRAIRES

De la Charente

1864

Y+

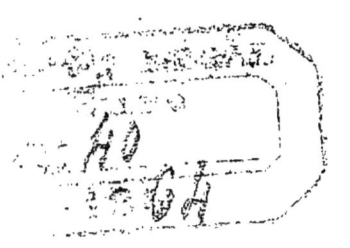

FEUILLES DE ROSE

DU MÊME AUTEUR

—

EN PRÉPARATION

EUBERT DE MALEPORT

NOUVELLE CHARENTAISE

FEUILLES DE ROSE

POÉSIES

PAR

EUTROPE LAMBERT

MEMBRE DE L'UNION DES POÈTES

AVEC UNE PRÉFACE

DE M. BOUÉ DE VILLIERS

Dans le grand jardin de la Poésie
il n'y a pas de fruit défendu.

V. HUGO.

—◦◦◦—

PARIS

RENAUD, ÉDITEUR
Rue Jacob, 14

JARNAC, L'AUTEUR

ET CHEZ LES LIBRAIRES
De la Charente

1864

A

VICTOR HUGO

LE POÈTE NATIONAL DE LA FRANCE

*
* *

*A vous, Maître immortel, — qui avez daigné sourire
à mes essais, — l'hommage de ces premiers chants.*

*Ce sont des fleurs sans fraîcheur et sans parfum, des
feuilles que le vent du nord aura vite dispersées... Les
laisserez-vous tomber sans l'aumône d'un regard?*

*Elles méritent peu; mais l'indulgence du Maître est
immense comme son cœur... Les Misérables sont ses
enfants : voilà l'excuse de ces rimes !*

EUTROPE LAMBERT.

12 mars 1864.

PRÉFACE

La Poésie est un rayonnement de l'harmonie divine, dont chaque âme contient, innée et latente, une précieuse parcelle.

Le sentiment poétique ne s'acquiert ni ne s'apprend. Il se révèle. Il est prescience, intuition, effarement.

Est poëte qui croit, qui espère, qui aime, qui combat, qui maudit.

Poëte, la bonne femme de Fénelon dont l'unique prière était un cri d'émerveillement jeté aux splendeurs de la nature; — poëte, le martyr de l'Idée enfoui dans un in-pace et qui espère l'avénement de ses rêves : la Liberté triomphante, la Fraternité transfigurant le monde; — poëte, la candide amoureuse qui interroge la fleurette des champs;

—poëte, le mâle guerrier qui défend, l'œil au ciel et l'épée au poing, l'héritage des aïeux, la sainte patrie; — poëte, le noble proscrit : Jérémie, Dante, Hugo, dont la voix plaide la cause éternelle de l'humanité, et maudit au nom de Dieu la hache qui tue, l'erreur qui aveugle, le puissant qui abuse du faible!

Dans le peuple vivant de la création, chaque être a part à l'effluve bénie : le ruisseau murmure sa mélodie; la fleur distille ses aromes; l'oiseau égrène son cantique; — l'homme travaille, pense, — écrit.

Le plus ou moins de science, de richesse, d'élévation dans la hiérarchie sociale, n'ajoute rien au don primitif fait à l'âme inconsciente. Plus d'un pauvre paysan dont le doigt n'a jamais touché un livre recèle en lui des trésors de poésie qui l'enivrent, sans qu'il lui soit donné de les exprimer. L'âpre enfant des montagnes, l'ouvrier de l'usine, le rude pêcheur de nos grèves ont leurs chants informes et leurs rustiques cantilènes,

leurs improvisations frustes et naïves, aux-
quels il ne manque que le rhythme et la
ciselure pour être sublimes.

Un grand spectacle, une émotion qui
ébranle le cœur, — le lever du soleil, un
radieux visage de femme, — font naître un
poëte.

Ainsi est né poëte ce doux jeune homme
aux *Feuilles de roses* qui vient offrir à ses
amis les premiers fruits de sa muse inexpé-
rimentée.

Écoutez-le racontant — dans une lettre à
un ami — comment lui est venue l'audace
d'écrire des vers, — audace bien grande,
car ces vers, il ne suffisait pas de les écrire,
il fallait encore les présenter à Suzanne, la
brune vierge, la Circé charmeresse dont le
grand œil noir, plus puissant que la ba-
guette de Myrdhinn, avait ensorcelé l'ado-
lescent et fait jaillir en lui la brûlante étincelle :

« Je venais d'avoir dix-huit ans; aucune

1.

préoccupation n'avait encore interrompu le calme de mon existence. Je vivais pour vivre, sans soucis, sans plaisirs, et jamais un regard de femme n'était descendu jusqu'à mon cœur.

« Un jour, j'aperçus Suzanne : une gentille et brune enfant de seize ans... et je me pris à l'aimer spontanément — comme le papillon aime le soleil, comme l'abeille aime la corolle qui contient son miel. Dès lors, une vie nouvelle commença pour moi, vie mêlée de joies et de mélancolie, de larmes et de sourires, de tempêtes et de rayons de soleil. Je passai de longues nuits à errer autour de la demeure de l'angélique créature que j'avais distinguée entre toutes ; j'écoutais avec ravissement le frôlement de sa jupe soyeuse sur les dalles du perron ; je la suivais du regard jusque sous les arbres verts du jardin ; enfin, un chaud rayon d'amour avait lui dans mon âme. Je me sentis *poëte* — et je chantai sur tous les modes la souveraine de mon cœur !... »

Voilà le petit roman de notre poëte. De la prunelle de son idéale amante est descendue en lui l'inspiration. Les premiers vers qu'il compose sont très-mauvais. Il n'a ni l'expérience ni la prosodie. Mais l'amour lui tient lieu de maître, et, un jour, le voilà adressant une timide poésie à la *Tribune lyrique*, cette excellente revue littéraire que dirige à Mâcon, avec un si louable libéralisme, notre ami M. J.-M. Demoule. L'œuvre du jeune poëte saintongeois fut fraternellement accueillie, — je veux dire insérée. Peindre sa joie serait impossible. Contempler ses premiers vers imprimés, c'est pour le jeune rimeur une ivresse incommensurable que n'égale pas celle de Chérubin au premier baiser de la marraine adorée !

En même temps que la *Tribune*, d'autres feuilles hospitalières prêtaient motif à de nouvelles compositions : la *France littéraire* à Lyon, le *Grillon* à Limoges, les divers journaux des Charentes. De tout cela est résultée l'ambition de publier un volume réunissant dans ses pages tous ces poëmes minuscules éparpillés : les *Feuilles de rose*.

M. Eutrope Lambert est à peine entré dans sa vingt-deuxième année. Il est le fils d'honorables ouvriers, et le travail est son unique patrimoine. Ses études premières n'ont pas franchi le cercle étroit de l'école communale. Les livres et une volonté énergique ont fait le reste. Aujourd'hui, modeste employé, il consacre au culte de la Muse les heures que lui laisse le bureau, et ce doux commerce lui rend chère l'humble fortune qui est son partage.

Dernièrement, le grand poëte du dix-neuvième siècle, Victor Hugo, dont le vaste cœur a toujours un mot de sympathie pour qui lui offre ses chants, Victor Hugo encourageait par une lettre flatteuse M. Eutrope Lambert, et le remerciait de l'envoi de ses poésies.

Ému et reconnaissant de cet éminent suffrage, l'auteur des *Feuilles de rose* a voulu dédier son recueil au maître illustre qui avait daigné prêter l'oreille à une voix si obscure et si inconnue.

Cette admiration, ce respect, cette reconnaissance pour le poëte sublime, pour le viril penseur qui complète l'œuvre philosophique et sociale de Voltaire en se faisant l'avocat des faibles, des opprimés et des maudits, — cet amour, ce culte de Victor Hugo que proclame sans terreur M. Eutrope Lambert, sont le plus beau titre de son livre, lequel prouve par cela seul un homme de progrès et de lumière, un poëte à venir de la Liberté.

Et c'est là ce qui nous a inspiré sympathie et affection pour ce jeune homme. Peut-être ce sentiment nous a-t-il fait trouver à ses essais un mérite qu'ils n'ont pas... Tout ce que nous pouvons dire avec assurance et sans crainte d'être contredit, c'est que, les *Feuilles de rose* fussent-elles indignes de l'attention du public, appelées à disparaître, la page où est inscrit le nom de Victor Hugo sera respectée, et demeurera pour plaider en faveur de M. Eutrope Lambert; — elle suffira, devant ses amis, à témoigner de son esprit et de son cœur.

A.-L. BOUÉ DE VILLIERS.

Evreux, 15 avril 1864.

FEUILLES DE ROSE

PRÉLUDE

Effeuillez-vous, rose gentille ;
De débris couvrez le gazon,
Frais ornement de la charmille :
L'hiver passe et fait sa moisson !

Hier, vos feuilles demi-closes
Buvaient les larmes de la nuit,
Et, parmi les plus belles choses,
Un jour votre bouton naquit.

Petit bouton qui, plein de vie,
Bientôt devint grand et vermeil,
Et belle rose épanouie
Sous les chauds baisers du soleil.

« Quelle fraîcheur! » disait l'abeille
Au papillon couleur d'azur ;
« Quelle ravissante merveille,
« Et quel parfum suave et pur! »

— « Sa beauté m'éblouit, m'enchante, »
Répondait l'insecte amoureux,
« Et sa corolle est si brillante
« Que je n'en puis croire mes yeux. »

Pauvre rose, vous étiez belle
Alors ; moi, j'étais plein d'amour :
Hélas! votre tige chancelle ;
Je ne fus amoureux qu'un jour.

Effeuillez-vous, rose gentille ;
De débris couvrez le gazon,
Frais ornement de la charmille :
L'hiver passe et fait sa moisson!

Novembre 1863.

STANCES

SUR LA MORT DE MARGUERITE R***. — 18 MAI 1862

> Mais elle était du monde où les plus belles choses
> Ont le pire destin ;
> Et, rose, elle a vécu ce que vivent les roses,
> L'espace d'un matin.
>
> MALHERBE.

Oiseaux, cessez votre ramage ;
Soleil, couvre-toi tristement ;
Que tout soit morne et sans courage :
La mort a frappé maintenant !...
La jeune fleur à peine éclose,
Comme un tendre bouton de rose,
Sous le souffle impur a tombé ;
Et la jeune fille rieuse,
La vierge pure et gracieuse,
Dans son printemps a succombé.

Pleurons ! Marguerite était bonne ;
Pleurons ! son sourire enchantait !
On croyait voir une madone,
Quand chastement elle priait.
Marguerite, fleur éphémère,
N'a fait que passer sur la terre,
Son âme candide est au Ciel ;
Et dans la céleste demeure,
L'aile d'un ange blond l'effleure :
Son bonheur est pur, éternel !...

III

LE SOIR AU VILLAGE

Le soir ramène le silence.

Le soleil vient de disparaître,
Le bruit des marteaux a cessé,
Et l'on voit lentement renaître
Le calme avec l'obscurité...

Les moutons s'en viennent de paître,
Et le laboureur harassé
Lutine la beauté champêtre,
Qui rit avec naïveté.

Sous le discret et frais ombrage
S'est assemblé tout le village;
Chacun parle de son bonheur.

La gaîté sur les fronts petille,
Et bientôt le joyeux quadrille
Termine un long jour de labeur.

22 juin 1862.

IV

AU TOMBEAU DE MARGUERITE

IMPROVISATION

Elle est là dans un coin, et son tombeau sans faste
Dit à chaque passant la plébéienne caste
De celle qu'il recouvre : un ange pur et beau,
Moissonné dans sa fleur comme un frêle arbrisseau.

Le bonheur souriait à son âme enfantine,
Son front resplendissait d'une grâce mutine
Elle avait dix-huit ans, un visage enchanteur,
Et la mort a cueilli cette adorable fleur...

O mort ! terrible mort, implacable ennemie,
Rien ne peut arrêter ta cruelle furie :
La beauté, le talent, la jeunesse, l'amour,
Tu brises tout, ô mort ! et cela sans retour...

Cimetière de Cognac, 13 juillet 1862.

V

ÉLÉGIE

L'orage, dans la nuit, la toucha de son aile.
MADAME DESBORDES-VALMORE.

Le matin d'un beau jour, une rose naquit.
  Son parfum embaumait la rive ;
Mais elle vécut peu, car l'orage, une nuit,
  Brisa sa corolle craintive !

  Ainsi ne vivent qu'un instant
  Les jeunes filles les plus belles.
  La mort vient prématurément :
  Le bonheur n'est pas fait pour elles !

5 août 1862.

2

A SUZANNE V***

Quand elle dit au sourire de venir
visiter ses lèvres, ses dents ressemblent
aux perles de la rosée dans les feuilles
rouges du bétel.

CHATEAUBRIAND. — Les Natchez.

Beau ciel où son étoile brille
D'un éclat noyé de langueur,
Petite fleur rose et gentille,
Parlez-moi d'*elle* et du bonheur.

Ruisseau, ver luisant qui scintille,
Inspirez-moi, — rêve enchanteur ! —
De Suzanne, la brune fille,
Je chante l'aimable douceur.

Comme le lys son âme est pure ;
En l'admirant chacun murmure :
Qu'il doit être doux de l'aimer !

Car sur son candide visage
On voit resplendir sans nuage
Tout ce qui peut plaire et charmer !

15 août 1862.

CE QUE J'AIME

A SUZANNE V***

J'aime ma chambrette jolie
Que chauffe le soleil couchant ;
J'aime la douce rêverie
A l'ombre d'un bois verdoyant.

J'aime le soir, à ma fenêtre,
Respirer le parfum des fleurs ;
Quand le printemps les fait renaître,
J'admire leurs vives couleurs.

J'aime des nuits la moite haleine
Soupirant des hymnes d'amour,
Quand la lune argente la plaine
Et baigne d'or la vieille tour.

2

J'aime le ruisseau qui murmure
En serpentant dans le vallon,
Et l'oisillon dans la ramure,
Modulant sa tendre chanson.

J'aime, dans l'herbe jaunissante,
Le concert des grillons bavards,
Et la libellule ondoyante
Qui brille au sein des nénuphars...

Et, pourtant, je préfère au souffle de la brise,
Au ruisseau qui murmure encor,
Aux agrestes rochers que le soleil irise,
Aux mâles fanfares du cor ;

Aux flots tumultueux qui blanchissent la grève,
Aux arbres verts de la forêt,
Aux grands monts, à l'éclair rapide comme un rêve,
A tout ce que Dieu donne et fait,

Je préfère, — magie à nulle autre pareille, —
Ton souris frais et gracieux,
Et l'enivrant parfum de ta lèvre vermeille,
— Ange qui me ravis aux cieux !

5 septembre 1862.

VIII

LARMES A MARGUERITE

A MADAME SOPHIE R***

> Doux ange aux candides pensées,
> Elle était gaie en arrivant...
>
> V. HUGO. — Contemplations.

Elle avait dix-huit ans ! elle était bonne et douce !
Comme un petit oiseau dans un blond nid de mousse
    Elle babillait tout le jour ;
Ses beaux yeux scintillaient ainsi que deux étoiles,
Son front était plus blanc qu'un horizon de voiles.
    — Quand sera-t-elle de retour ?

Le doux être a quitté la terre qui le pleure,
Il est allé là-haut choisir une demeure
    Somptueuse et digne de lui ;
Il n'a fait que passer comme le vent et l'ombre :
— Mon Dieu ! cette maison a toujours un air sombre
    Depuis le jour qu'il s'est enfui !...

Jour de deuil... et pourtant les fleurs venaient d'éclore,
Les fauvettes chantaient au lever de l'aurore,
    Le soleil montrait ses rayons,
La nature étalait ses immenses richesses,
Le limpide ruisseau charmait par ses caresses
    La pâquerette des vallons.

Mais elle agonisait... et son visage pâle
Souriait doucement sous sa blancheur d'opale :
    Elle avait entrevu le ciel !
Son pauvre corps souffrait, mais l'ineffable joie
Brillait dans son regard comme un lambeau de soie
    Sur les gerçures d'un missel.

Elle dort à présent sous l'ombreuse feuillée ;
Les vents ont emporté sa couronne effeuillée.
    Pauvre mère, pourquoi pleurer ?
Écoutez les concerts des célestes phalanges :
L'air est tout plein de chants, car au séjour des anges
    Un nouvel ange vient d'entrer.

2 octobre 1862.

IX

LE TRAVAIL

O travail ! sainte loi du monde !

LAMARTINE. — Jocelyn.

Le travail est un don précieux, salutaire ;
    C'est un bienfait de l'Éternel,
    C'est une chose nécessaire
Au bonheur des humains, c'est le chemin du ciel !

Il donne à l'indigent le bien-être et l'aisance,
Au cœur endolori le courage et la foi ;
Au génie incompris il verse l'espérance ;
Chacun doit se courber sous sa divine loi.

Oh! pour l'homme combien le travail a de charmes !
    Il endort les vives douleurs,
    Il sèche les amères larmes :
La vie est un sentier tout parsemé de fleurs.

Par le travail enfin on arrive à la gloire,
Mais il faut travailler et travailler toujours,
Et pour graver son nom au temple de mémoire
Il faut sacrifier et les nuits et les jours.

Aimons donc le travail et travaillons sans cesse ;
    L'amour du travail est divin.
    Que jamais l'ignoble paresse
Ne souille notre cœur, n'énerve notre main !

20 octobre 1862.

X

SUR LA MORT D'UNE JEUNE ANGLAISE

Sous le ciel si brumeux de la Grande-Bretagne,
Une petite fleur timidement croissait ;
Son calice embaumé parfumait la montagne ;
Des plus belles couleurs de la coquette Espagne
Sa corolle brillait.

L'AUTEUR. — 1re strophe d'un poëme inédit

Encore une fleur détachée
De la couronne du printemps,
Rose exotique desséchée
Et qui s'effeuille avant le temps !

Bien jeune, elle fut arrachée
Au sol qui vit ses premiers ans :
Aujourd'hui, la voilà penchée
Sous le souffle des noirs autans.

Elle végétait triste et pâle ;
Sur son front aux reflets d'opale
Le mal imprimait son sillon.

Loin de sa brumeuse Tamise,
Sous les morsures de la bise
Se meurt la vierge d'Albion...

25 octobre 1862.

ENFANTINE

Dormez, petits enfants, car la nuit est bien sombre,
Et la neige blanchit les arbres du chemin ;
Dormez, le vent du nord tonne et mugit dans l'ombre :
 Vous vous éveillerez demain.

  Une mère chérie
  Vous endort par ses chants ;
  Sa voix suave prie
  Pour ses petits enfants.

L'ouragan fait trembler les maisons du village,
Les chênes d'alentour au loin sont emportés ;
Dormez, l'ange gardien au limpide visage
 Veille toujours à vos côtés.

Une mère chérie
Vous endort par ses chants;
Sa voix suave prie
Pour ses petits enfants.

Des loups, dans les halliers, la troupe menaçante
Fatigue les échos de sinistres clameurs;
Ne craignez pas, enfants; leur rage est impuissante:
Rêvez de joujoux et de fleurs!

Une mère chérie
Vous endort par ses chants;
Sa voix suave prie
Pour ses petits enfants!

6 décembre 1862.

XII

INVOCATION

> Plus blanc qu'une lointaine voile,
> Mon corps n'en a point la pâleur;
> En quelque lieu qu'il se dévoile,
> Il l'éclaire comme une étoile,
> Il l'embaume comme une fleur !
>
> V. HUGO. — Odes et Ballades.

Sylphe, vapeur, ombre légère,
Qui voltiges dans mon sommeil,
O déité trop éphémère
Qui disparais à mon réveil !
Dis-moi : les lèvres de Suzanne
De ta tunique diaphane
Ont-elles parfumé le lin ?
Ange adoré, sa main si blanche
A-t-elle cueilli la pervenche
Que je vois briller sur ton sein ?...

Esprit ou radieuse fée,
Je t'aime : oh ! reviens chaque soir,
A l'heure où le pesant Morphée
Nous couvre de son voile noir...
Oh ! parle encore, ombre chérie,
De cette vierge au ciel ravie ;
Dis-moi pour qui brûle son cœur ?
Enseigne-moi l'art de complaire
A ce doux ange de la terre,
Ma chaste idole et mon bonheur !

24 janvier 1863.

LA PRIÈRE DES FLEURS

RÊVERIE

> Rêver, c'est le bonheur.
> V. HUGO.

Qu'il est doux de rêver, quand le zéphyr balance
    Le flexible arbrisseau,
Quand le pinson redit sa plaintive romance
    Au creux du vieil ormeau !

Qu'il est doux de rêver, quand le grand lac reflète
    Les derniers feux du ciel,
Quand le jour disparaît, quand le grillon répète
    Son hymne à l'Éternel !...

Qu'il est doux de rêver, seul avec la nature,
Assis sur les hauteurs,
Quand monte aux pieds de Dieu, balsamique murmure,
La prière des fleurs !

22 février 1863.

XIV

LA GRANDEUR DE DIEU

AUX PETITS ENFANTS

Elle éclate dans chaque chose :
Dans l'arbre comme dans la rose,
Dans l'homme, dans la vaste mer,
Dans la montagne, dans l'abîme,
Dans le monstre et l'insecte infime,
Dans le printemps et dans l'hiver ;

Dans le torrent qui gronde et roule,
Dans l'herbe fraîche que l'on foule,
Dans l'oiselet et dans son nid ;
Dans les étoiles qui scintillent,
Dans les émeraudes qui brillent
Et dans les roches de granit.

Avec un doux éclat, on la voit souriante
Sur le front de l'enfant, ange pur et joyeux :
Elle remplit son cœur et son âme croyante.
Le regard de l'enfant est un rayon des cieux !

Aimez donc le Seigneur, enfants, car il vous aime ;
Aimez le Rédempteur qui souffrit tant pour nous,
Et pour remercier cette bonté suprème,
Avec ferveur, enfants, mettez-vous à genoux !

20 avril 1863.

PRIÈRE A LA VIERGE

Ave, maris stella.

Lorsque sur l'océan perfide
Glisse la barque du pêcheur,
Quand la voile s'enfuit rapide,
Que la brise enfle sa blancheur;

Quand la mouette du rivage
Effleure dans son vol léger
Les flots agités par l'orage
Et qui battent le noir rocher;

Quand dans l'horreur de la nuit sombre,
Pleine de vent, pleine de bruit,
Un navire marche dans l'ombre
Vers une pointe de granit;

O Marie ! adorable étoile !
Madone de l'immense mer,
Protégez la modeste voile,
Rassérénez le flot amer.

Des nautonniers soyez le guide,
Le phare, l'astre lumineux ;
Sans crainte ils voguent sous l'égide
De la souveraine des Cieux !

28 mai 1863.

XVI

APRÈS L'ORAGE

Ah! que l'azur du ciel est grand après l'orage !
   De quel éclat il resplendit,
Comme il est pur et beau quand le dernier nuage
   Disparaît et s'évanouit !...

Les arbres, dégouttants de pluie et de rosée,
   Sous les rayons éblouissants,
Paraissent revêtus d'une robe irisée
   De perles et de diamants.

L'oiseau que l'ouragan a chassé du bocage
   Revient, chantre mélodieux,
Émerveiller encor la voûte de feuillage
   Qui lui cache le bleu des cieux.

La fleur relève enfin sa timide corolle;
Le papillon aux ailes d'or,
Guidé par son parfum, discrètement s'envole,
Et l'insecte bourdonne encor!

Février 1863.

SOUVENIR

L'espérance en chantant me berçait de mensonges.

V. HUGO. — Feuilles d'automne.

C'était un soir d'été : la nature endormie
    Semblait rêver d'amour ;
Le calme succédait avec mélancolïe
    Aux mille bruits du jour.

Sur sa blanchette main ma main était posée,
    Et je lui souriais !
Dans l'espace infini se perdait ma pensée...
    Oh ! comme je l'aimais !...

— Petites fleurs du bois, redites-nous encore
     L'amoureux entretien. —
Hélas ! de cet instant — radieux météore —
     Il ne reste plus rien !...

18 juin 1863.

XVIII

UN ORPHELIN

La mère alla dormir sous les dalles du cloître ,
Et le petit enfant se remit à chanter. . . —

Pourquoi le nid a-t-il ce qui manque au berceau?

V. HUGO. — Contemplations.

« Marchez plus doucement, sous vos pieds le sol crie.
« Voyez : il dort déjà, l'aimable chérubin ;
« Il sourit, l'oublieux, et sa mère chérie
      « Est morte ce matin !

« Pourquoi sourire, enfant? Tu ne verras plus celle
« Qui passa tant de nuits auprès de ton berceau ;
« Tu ne dormiras plus sous l'aile maternelle
      « Comme un petit oiseau.

« Qui donnera des soins à ta fragile enfance ?
« Qui viendra, mon chéri, t'apprendre à bégayer ?
« Et qui te parlera de joie et d'espérance
            « Avec un long baiser ?

« Et quand tu pleureras, qui séchera tes larmes ?
« Qui te réchauffera quand souffleront les vents ?
« Oh ! qui rassurera tes craintives alarmes
            « Par de suaves chants ?... »

Et l'enfant souriait, enfoui dans ses langes ;
Son sommeil était doux comme un souffle du soir :
De son berceau pourtant on remplaçait les franges
            Par un long voile noir !

14 juillet 1863.

XIX

POURQUOI?

Pourquoi mon cœur bat-il lorsque, belle et parée
    De la fraîcheur de ses vingt ans,
Elle passe en semant par la foule enivrée
    Des regards qui troublent les sens?

Pourquoi son nom, jeté dans l'ombre et le silence,
    En moi vibre-t-il tout un jour?
Son aspect dans mon âme a porté la démence :
    — Mon Dieu! serait-ce de l'amour?

17 juillet 1863.

PERFIDE MER

O flots! que vous savez de lugubres histoires !

Voyez-vous, au lointain, courir la voile blanche
Sous la brise du soir qui ride le flot bleu ?
Voyez, le frêle esquif coquettement se penche
    Sous le regard de Dieu.

Laissez-la s'éloigner, cette barque légère :
Son rapide sillon étincelle en fuyant ;
Laissez-la s'éloigner, c'est l'espoir d'une mère,
    C'est l'espoir d'un enfant.

Oh! que la nuit soit calme et l'onde généreuse,
Que de nombreux poissons tombent dans tes filets!
Sois prudent, ô pêcheur ! car ta femme anxieuse
    T'attend sur les galets. —

Il voguait en chantant : la mer était si belle !
La voile se gonflait au souffle caressant,
Et, regagnant son nid, l'alcyon de son aile
    L'effleurait en passant.

Mais le vent s'éleva, la mer devint mauvaise,
La barque se brisa sur le front d'un écueil ;
Et des larmes sans fin mouillèrent la falaise
    Et la cabane en deuil !..

20 juillet 1863.

XXI

SUR LES CENDRES D'ALFRED FEUILLET

Il est mort à l'âge où la vie
Offre des sentiers pleins de fleurs ;
Il est parti l'âme ravie...
      — Coulez mes pleurs !

Sans doute, il trouvait notre monde
Trop mesquin, trop étroit pour lui ;
Car un jour, — ô douleur profonde ! —
      Il s'est enfui !...

Il s'est enfui ! — Pourquoi si vite ?
Ne pouvait-il rester encor ?
Il est si peu d'âmes d'élite
      Et de cœurs d'or !...

5 octobre 1863.

XXII

LE CHANT DU BERCEAU

Avez-vous entendu ce doux chant que les mères
Soupirent en veillant sur les chastes berceaux?
Il a — ce chant divin — l'onction des prières
Et la suavité d'un frais concert d'oiseaux.
L'enfant ensommeillé, bercé par l'harmonie,
Sourit aux chérubins qui descendent des cieux;
Son petit cœur est plein d'une joie infinie,
Une âme semble errer dans l'or de ses cheveux.

Dors, petit enfant rose;
La porte est close,
Fils de mon cœur! —
Fuyez, vilaine mouche,
Loin de la couche
De mon dormeur.

Mignonne créature,
De la nature
Frêle roseau,
Dors, dors, fleur d'innocence ;
Ma main balance
Ton nid d'oiseau !

Oui, tu dors doucement, car ta vie est dorée,
Et tu ne connais rien des peines d'ici-bas :
Plus tard, l'amour naîtra dans ton âme égarée ;
Alors, mon doux chéri, alors tu pleureras !

Autour d'un lit d'enfant veillent les petits anges ;
Ils sont charmants et blonds les habitants du ciel.
Mais le sommeil de l'homme a des rêves étranges :
Reste toujours petit, ton cœur sera sans fiel.

Dors, petit enfant rose ;
La porte est close,
Fils de mon cœur !
Dors, je prie et je veille
Quand tout sommeille,
O mon dormeur !

25 octobre 1863.

XXIII

DÉCOURAGEMENT

Je suis triste aujourd'hui, j'ai froid au fond de l'âme ;
Ma plume n'écrit plus de ces vers pleins de flamme
Que l'amante inspirait d'un blond regard d'amour ;
Le ciel est obscurci comme l'est ma pensée,
La feuille jaune fuit par l'aquilon poussée :
Oh ! mon bonheur aussi s'envole sans retour...

L'été vient de partir, emportant l'hirondelle.
Sur l'étang ne court plus l'agile demoiselle,
Tout est morne et la fleur elle-même a pâli ;
La plaine a dépouillé sa riante parure,
Le saule a vu blanchir sa verte chevelure,
Et dans mon cœur brisé l'espoir s'est endormi !

16 novembre 1863.

4

XXIV

VINGT DÉCEMBRE 1863

H. B.

> Son souvenir est la couronne
> Que le temps n'effeuillera pas.
>
> L'Auteur. — Poëme inédit.

Encore un ami que la tombe
Enferme dans son noir séjour ;
Encore un juste qui succombe,
Encore un jeune homme qui tombe
Avant d'être abreuvé d'amour !

La mort, livide et sombre amante,
L'emporte dans ses bras glacés ;
Est-ce là cette vierge aimante
Qu'il avait rêvée — âme ardente —
Dans ses beaux jours, hélas ! passés ?...

Il n'est plus, et le monde pleure
Cet infortuné qui s'endort.
Elle a sonné, sa dernière heure,
Et maintenant dans sa demeure
On se lamente sur son sort...

O toi ! qui ris de nos alarmes,
Mort, implacable déité,
Nos regrets, nos douleurs, nos larmes
Offrent donc d'invincibles charmes
A ta sanglante avidité ?...

XXV

DEUX DÉFINITIONS

L'amour, c'est le soleil qui rayonne dans l'âme ;
C'est un parfum suave, une douce liqueur ;
C'est un sublime élan, c'est une sainte flamme :
    — C'est le céleste pain du cœur !

21 août 1861.

*
* *

L'amour, c'est un ciel terne où quelques éclairs passent,
Un pilori sanglant où sèche notre cœur,
Une lande infertile où les chagrins s'amassent ;
    — L'amour, c'est un démon moqueur !

29 décembre 1863.

4.

XXVI

PRIONS POUR LES MORTS

> . . . . . . Les morts pour qui l'on prie
> Ont sur leur lit de terre une herbe plus fleurie.
>
> V. HUGO. — Feuilles d'automne.

Quelles sont donc ces voix qui pleurent dans la nuit?
Ce murmure incessant qui s'avance et qui fuit,
Tantôt semble une plainte aux tombes arrachée,
Tantôt le vol léger d'une feuille séchée?...

Est-ce la plainte des roseaux ?
Est-ce un cri de l'oiseau qui veille?
Est-ce la brise qui s'éveille,
Ou le susurrement des eaux ?

Ces voix qui troublent ma pensée
Jettent dans mon âme brisée
Un sentiment de vague effroi :
J'écoute, et j'entends de la plaine
Surgir une clameur lointaine
Qui grandit et monte vers moi.

Est-ce la voix des morts qui pleure ainsi dans l'ombre?
Ils ont donc froid aussi dans leur demeure sombre?
Leur cercueil est troué par le temps et les vers,
Et la terre glacée entre avec les hivers...

Que veulent-ils? — Une prière
Qui réchauffe leurs os vieillis;
Un souvenir, douce lumière
Qui manque à ces cœurs endormis !

Vivants que le plaisir invite,
Tous les morts oubliés trop vite

Se lèvent pour vous accuser ;
Et ce sont leurs accents funèbres
Qui se mêlent dans les ténèbres
Aux vents que la nuit voit passer !...

4 janvier 1864, minuit.

TABLE

—

Evreux, A. HÉRISSEY, imp. — 464.

CHEZ LE MÊME ÉDITEUR

—

NIOBÉ, OU LA FEMME AU DIX-NEUVIÈME SIÈCLE, étude, par JEAN LAROCQUE. 1 vol. in-18. . . . . . 2 fr.

MESSIEURS LES POMPIERS, OU LES HOMMES DE GUERRE POUR RIRE, étude charivarique, par MIRLITIR ET Cᶦᵉ. Broch. in-8º, avec vignettes. . . . . 1 »

MARTYRES D'AMOUR, par A.-L. BOUÉ DE VILLIERS. 1 beau vol. in-18, avec Préface et Lettres de V. HUGO et GEORGE SAND. (Portrait de l'Auteur.) . . . 3 »

La Commission de Colportage a refusé l'estampille à cet ouvrage.

LES AMOUREUX DE FLAVIE, idylles normandes, par A.-L. BOUÉ DE VILLIERS. In-18. . . . . . . 1 »

RIMES ET PENSÉES DU SIÈCLE (1ʳᵉ série des ÉCHOS LITTÉRAIRES CONTEMPORAINS), par A.-L. Boué de Villiers, F. Fertiault, Jean Larocque, Thalès Bernard, J. Peychez, Achille Millien, Henri Bellot, Edmond Delière, Claudia Bachi, Louis Oppepin, Eutrope Lambert, etc., etc. — 1 vol. in-18, avec gravure. 1 50

Envoi franco de ces Ouvrages contre timbres-poste adressés à M. BOUÉ DE VILLIERS, à Évreux (Eure).